AF363952

1876. 16 Décembre

CATALOGUE

DE

LIVRES FRANÇAIS

LA PLUPART EN GRAND PAPIER

ET RELIÉS AVEC LUXE

DONT LA VENTE, POUR CAUSE DE DÉCÈS

AURA LIEU

Le Samedi 16 Décembre 1876

A DEUX HEURES PRÉCISES

HOTEL DES COMMISSAIRES-PRISEURS

RUE DROUOT, SALLE N° 7

———

PAR LE MINISTÈRE DE **Me Léon TUAL**, COMMISSAIRE-PRISEUR
39, rue de la Victoire

———

PARIS

ADOLPHE LABITTE

LIBRAIRE DE LA BIBLIOTHÈQUE NATIONALE

4, rue de Lille, 4

———

1876

BELLES-LETTRES ET HISTOIRE
60 A LA FIN

THÉOLOGIE, SCIENCES, BEAUX-ARTS
1 A 59

CONDITIONS DE LA VENTE

La vente a lieu expressément au comptant.

Les acquéreurs payeront 5 °/₀ en sus des enchères, applicables aux frais.

Il y aura exposition des livres composant la vacation à une heure précise.

Les articles adjugés ne seront repris pour aucune cause.

N. B. — Les Objets d'Art et Tableaux seront vendus le Vendredi 15 Décembre 1876.

PARIS. — Impr. J. CLAYE. — A. QUANTIN et Cⁱᵉ, rue St-Benoît — [1990]

CATALOGUE

DE

LIVRES FRANÇAIS

THÉOLOGIE.

1. LA SAINTE-BIBLE, traduction nouvelle. Dessins de Gustave Doré. *Tours, Mame, 1874,* 2 vol. in-fol. fig. dem.-rel. mar. avec coins, têtes dorées, non rognés.

2. LA LÉGENDE DE SAINTE URSULE et de ses onze mille vierges, publiée par Kellerhoven, *Paris,* s. d. in-fol. mar. fil. tr. dor. (*Belz Niédrée.*)
   > Très-bel exemplaire.
   > Figures en chromo-lithographie.

3. IMITATION DE J.-C., trad. par l'abbé Delaunay. *Paris, Curmer,* 1856, 2 vol. in-4, mar. br., ornements à froid, tr. dor. (*Petit*).
   > La reliure des deux volumes est uniforme.

4. LE LIVRE D'HEURES DE LA REINE ANNE DE BRETAGNE. *Paris, Curmer,* 2 vol. gr. in-4, mar., la Vallière, tr. dor. (*Petit.*)
   > Très-bel exemplaire avec les armoiries de la reine Anne en mosaïque sur les plats. Le supplément est uniforme de reliure.

5. ŒUVRE DE JEHAN FOUCQUET. *Paris, Curmer,* 1866. 2 vol. in-4, mar. v. tr. dor. (*Marmins.*)
   > Très-bel exemplaire. Croix en mosaïque sur les plats, les deux volumes sont de reliure uniforme et dans un écrin en mar. n. doublé de soie.

6. Pensées de Bl. Pascal. (Édition de 1670). *Paris, Jouaust,* 1874, in-8, pap. vél. dem.-rel. mar. tr. sup. dorés, n. rog. (*David.*)

7. Œuvres de Bossuet. *Paris, Didot,* 1870. 4 vol. gr. in-8, dem.-rel. chagrin.

8. OEuvres de Bourdaloue. *Paris, Didot,* 1865. 3 vol. gr. in-8, dem.-rel. chagr.

9. OEuvres de Fénelon. *Paris, Didot,* 1870, 3 vol. in-8, dem.-rel. chagr.

10. Lacordaire. OEuvres. *Paris, Poussielgue,* 1872, 10 vol. in-8, dem.-rel. chagr. noir.

SCIENCES.

11. Les Essais de Montaigne. *Paris, Jouaust,* 1873, 3 vol. in-8, dem. rel. mar. Lavall. avec coins, tr. sup. dor. n. rogn. (*David.*)

12. Réflexions de sentences et Maximes morales de La Rochefoucauld. *Paris, Lemerre,* 1870, in-18, avec portrait, dem.-rel. maroquin brun avec coins, tête dorée, n. rogné. (Petit.)

13. Réflexions ou Sentences morales de La Rochefoucauld. *Paris,* 1868, in-8, dem.-rel. mar. avec coins, tr. sup. dorée, n. rogn. (David.)

14. Les caractères de La Bruyère. *Paris, Jouaust,* 1873, 2 vol. gr. in-8, dem. rel. mar. avec coins, tête dorée, n. rogn. (*David.*)

15. Dictionnaire de l'Économie politique, par Coquelin et Guillaumin. *Paris,* 1873, 2 vol. gr. in-8, dem.-rel. mar.

16. J. B. Say. Cours d'économie politique pratique. *Paris, Guillaumin,* 1852, 2 vol. in-8, d.-rel.

17. Adam Smith. Richesse des nations, 3 vol. — Say. Traité d'économie politique, 1 vol. — Garnier. Traité d'économie politique. — Garnier. Notes et petits traités. *Paris, Guillaumin,* 1859-1873, 6 vol. in-12, rel. chagr.

18. Les OEuvres de Bastiat. *Paris, Guillaumin,* 1862, 7 v. in-8. demi-maroquin vert.

19. OEuvres complètes de Buffon et Histoire des poissons par Lacépède, annotées par Flourens. *Paris, Garnier,*

s. d., 14 vol. gr. in-8, d.-rel. chagr., tête dorée,
n. rogn.
> Figures coloriées.

20. Note sur l'aménagement des ports de commerce, par
M. L. Barret: *Paris, Lacroix,* 1875, gr. in-8. br.
(planches).

BEAUX-ARTS.

21. GAZETTE DES BEAUX-ARTS. *Paris,* 1859 à 1874,
32 v. in-4, figures, d.-rel. chagr. r., et 1875 et 1er semestre 1876 en livraisons.

22. L'ART, revue hebdomadaire illustrée. *Paris, Hipp.
Heymann,* 1875, 1876, 98 livraisons in-fol. avec gravures hors texte et eaux-fortes.
> Il manque à cette collection les livraisons 90 et 95 (sept. et oct.
> 1876.)

23. Encyclopédie des arts plastiques, par Aug. Demmin.
Paris, Furne, 1875, 3 vol. in-8, d.-rel., figures, mar. bl.
tr. sup. dor. n. rogn.
> Exemplaire en grand papier.

24. Chefs-d'œuvre de l'art antique. *Paris, Lévy,* 1867,
7 vol. in-4, figures, d.-rel. mar. r. tr. sup. dor. n. rogn.

25. De Goncourt. L'art au XVIIIe siècle. *Paris, Rapilly,*
1873, 2 vol. in-8, d.-rel. mar. br. avec coins, tête dorée
n. rogn.

26. Annuaire des Beaux-Arts, notes et eaux-fortes, par
P. Martial. *Paris, Cadort,* 1875, in-4.

27. LES COLLECTIONS CÉLÈBRES d'œuvres d'art, dessinées et
gravées d'après les originaux par Édouard Lièvre, textes
historiques et descriptifs. *Paris, Goupil,* 1866. Ouvrage
in-fol. en ff. (100 planches).

28. MUSÉE DU LOUVRE. Les chefs-d'œuvre du Musée
du Louvre, photographiés par Braun, 10 vol. in-fol. d.-rel.
> Cette collection contient plus de 500 photographies.

29. GALERIE DE FLORENCE. Tableaux, statues, bas-reliefs

et camées dessinés par Wicar. *Paris, Didot,* 1852, 4 t.
en 2 vol in-fol., figures, d.-rel. mar. r. avec coins.
Bel exemplaire.

30. Galerie Flamande et Hollandaise, texte par Arsène
Houssaye. *Paris, H. Plon,* 1866, in-fol. fig. s. chine,
d.-rel. chagr. tr. dor.

31. CHARLES BLANC. Histoire des peintres de toutes les
écoles. *Paris, Renouard, s. d.,* 12 vol. in-4, d.-rel. mar.
v., fig.

32. Entretiens sur la peinture par René Menard. *Paris,* 1875.
Grand in-4, d.-rel. maroquin brun, tranche supérieure
dorée.
Cinquante eaux-fortes.

33. LES LOGES DE RAPHAEL. Collection complète des
52 tableaux peints à fresque. qui ornent les voûtes du
Vatican. Gravés sous la direction de Calamata. *Paris,
Plon,* 1860. Grand in-fol., figures, mar. rouge.
Très-bel exemplaire, tirage sur chine.

34. LES VIERGES de Raphaël, gravées par les premiers ar-
tistes français. *Paris, Furne, s. d.* In-folio d.-rel. mar.
tr. dor.
Épreuves sur chine.

35. Musée de Basles. Reproduction des tableaux de Hans-
Holbein, d'après les originaux, par Ad. Braim, in-fol.
d.-rel.
Photographies.

36. Les Peintres de la Beauté. *Paris, Chevalier,* 1872.
In-fol. cart., figures.

37. Goya, par Charles Yriarte. *Paris, Henri Plon,* 1867. Gr.
in-4, d.-rel. mar. vert, tr. sup. dorée, non rogné,
figures.

38. Ingres, sa vie et ses ouvrages, par Ch. Blanc. *Paris,
Jules Renouard,* 1870. Gr. in-8, d.-rel. mar. v., tr. sup.
dorée, non rogné, portrait.

39. Adolphe Moreau. Decamps et son OEuvre. *Paris,*

Jouaust, 1869. — E. Delacroix et son OEuvre. *Paris, Jouaust,* 1873. Ensemble 2 vol. in-8, d.-rel. mar. v. avec coins, tête dorée, non rogné.

40. Baron Davillier. Fortuny, sa vie, son œuvre, etc. *Paris, Aubry,* 1875. Gr. in-8, d.-rel. mar. v. avec coins, tête dorée, non rogné.

> Tiré à petit nombre, cinq dessins inédits et deux eaux-fortes.

41. LA VIE ET L'OEUVRE DE CHINTREUIL, par A. de La Fizelière, Champfleury, F. Henriet. Quarante eaux-fortes, par Martial, Ad. Lalauze, P. Roux, etc. *Paris, Cadart,* 1874. In-4, br.

> Exemplaire sur papier Wathman avec les épreuves avant la lettre.

42. Alexandre Piedagnel. — J.-F. Millet, souvenir de Barbizon avec un portrait et neuf eaux-fortes. *Paris, veuve A. Cadart,* 1876. In-4, en f. dans un carton.

43. Quinze Dessins d'Henri Regnault pour illustrer André Chénier, photographies par Liebert. *Paris, Dentu,* 1872. Gr. in-8, d.-rel. mar. vert avec coins.

44. Dessins de Bida (photographiés par Braun), in-fol. obl. demi-rel.

45. Salons de 1873-1874. *Paris, Goupil,* 4 vol. in-fol. d.-rel.

> Photographies.

46. EAUX-FORTES ET GRAVURES DES MAITRES ANCIENS, tirées des collections les plus célèbres et publiées par Ed. Lièvre, notes par G. Duplessis. *Paris,* 1874, 4 t. en 2 vol. gr. in-fol. d.-rel. mar. r. avec coins, tête dorée, n. rogn.

> Très-belle publication.

47. L'OEuvre de Rembrandt, décrit et commenté par Charles Blanc. *Paris, A. Lévy,* 1873, 2 vol. in-fol., figures, mar. v. fil. tr. dor.

> Très-bel exemplaire, papier vergé.

48. Eaux-fortes de Antoine Van Dyck, reproduites et pu-

bliées par Amand Durand, texte par G. Duplessis. *Paris,
s. d.,* in-fol. fig. rel, mar. r. tête dorée.

49. Eaux-fortes de Paul Potter, reproduites et publiées
par Amand Durand, texte par Georges Duplessis. *Paris,
s. d.,* in-fol. fig. d.-rel. mar. r. avec coins.

50. EAUX-FORTES de Jules de Goncourt.n otice et catalogue
de Philippe Burty. *Paris, librairie de l'Art,* ouvrage in-4,
en ff. dans un cart.
>Un des cent exemplaires sur papier de Hollande avec planches
>sur papier du Japon.

51. Panthéon des illustrations françaises au XIXe siècle.
Paris, Abel Pilon, s. d., in-fol. d.-rel. chagr.
>Portraits et fac-simile d'autographes.

52. L'Illustration, années 1873-74 en 4 vol. in-fol. d.-rel.
et 1875, 1er semestre 1 vol. même rel.

53. Thorvaldsen, sa vie et son œuvre, par Eug. Plon. *Paris,
H. Plon,* 1867, gr. in-8, d.-rel. mar. v. tr. sup. dor.
avec coins, figures.

54. LES GEMMES ET JOYAUX de la couronne, publiés et
expliqués par Henri Barbet de Jouy, dessinés et gravés à
l'eau-forte d'après les originaux par Jules Jacquemart,
Paris, 1865. 2 parties in-fol. en feuille papier vergé.

55. VIOLLET-LE-DUC. Dictionnaire du Mobilier français.
Paris, Morel, 1871-1873, 6 vol. in-8, d.-rel. avec
coins, tr. sup. dor.
>Bel exemplaire en grand papier de Hollande.

56. MERCURI ET LE CHEVALIER CHEVIGNARD. Costumes his-
toriques des XIIIe-XVIIIe siècles. *Paris, Lévy,* 1867, 5 vol.
in-4, fig. en couleurs, montées sur onglets, d.-rel. mar.
r. avec coins.
>Bel exemplaire.

57. PAUL LACROIX. Le Moyen Age (mœurs et coutumes.
— Les Arts. — Vie Militaire). *Paris, Didot,* 1872-76,
3 vol. gr. in-8, fig. d.-rel. mar. r. avec coins, n. rogn.
tête dorée.

58. **LES ARTS SOMPTUAIRES.** Histoire du costume et
de l'ameublement. *Paris,* 1857, 4 part. en 3 vol. in-4,
figures et chromolithographies en couleurs, mar. br. fil.
tr. dor. (Aug. Petit.)
> Très-bel exemplaire.

59. **JULES LABARTE.** Histoire des arts industriels. *Paris,*
Morel, 1864, 6 vol. in-4, fig. d.-rel. mar. v. tête dor.
n, rogn. (*David.*)
> Tiré à cent exemplaires sur ce papier.
> Très-bel exemplaire.

BELLES-LETTRES

60. Odes d'Anacréon, trad. d'Amb. Firmin Didot. *Paris,*
Didot, 1864, in-16, photog. et fil. rouges, cart. n. rog.

61. Publii Virgilii Maronis carmina omnia. *Parisiis, ex*
typographia Firminorum Didot, 1858, in-16, fig. cart.
n. rog.
> Exemplaire avec les fil. rouges et les vignettes gravées.

62. Quinti Horatii Flacci opera edid. Bond. *Parisiis, ex*
typographia Firminorum Didot, 1855, in-16, fig. et fil.
noirs cart. n. rog.

63. Œuvres d'Horace, traduction nouvelle par Leconte de
Lisle, avec le texte latin. *Paris, Lemerre,* 1873, 2 vol.
in-12, front., dos et coins de mar. bl. tête dor. n. rog.
(*Petit.*)

———————

64. E. Littré. Dictionnaire de la langue française. *Paris,*
Hachette, 1873, 4 vol. in-4, d.-rel. chagr.

65. Grand dictionnaire Français-Anglais et Anglais-Français
de Fleming et Tibbins. *Paris, Didot,* 1866, 2 vol. gr.
in-4, d.-rel.

66. Chefs-d'Œuvre de la littérature française. *Paris, Gar-*
nier, 1867-76, 20 vol. in-8, dem.-rel. chagr. tr. sup.
dorée, n. rogn. (3 volumes sont brochés.)
> Exemplaire en papier de Hollande, il contient : La Fontaine.

7 vol. — Racine, 3 vol. — Boileau, 4 vol. — Massillon, 2 vol. — Lamennais *Imitation*, 1 vol. — J.-B. Rousseau, 1 vol. — Montesquieu, 2 vol.

67. Anthologie des prosateurs et des poëtes français. *Paris, Lemerre, s. d.*, 2 vol. in-12. Dos et coins de mar. brun, tête dor. ébarbé. (*Petit.*)

68. LES MARGUERITES DE LA MARGUERITE DES PRINCESSES. *Paris, Jouaust*, 1873, 4 vol. in-12, portr. et fig. mar. r. fil., dent. int., tr. dor. (*Petit.*)

69. OEuvres de Régnier. *Paris, Jouaust*, 1867, in-8, dem.-rel. mar. fauve. tr. sup. dorée, n. rogn.

70. Les OEuvres de Mathurin Régnier. *Paris, Lemerre*, 1869, in-18, avec portr. dem.-rel. mar. r. avec coins, tête dor., n. rogné. (*Petit.*)

71. OEuvres complètes de Mathurin Régnier. *Paris, Alph. Lemerre*, 1875. in-8. dem.-rel. mar. r. tête dorée, n. rogn.

72. LA FONTAINE. Fables et contes. *Paris, Lemerre*, 1868, 4 vol. in-18, dem. rel. mar. r. avec coins, tête dorée, n. rogné (*Cuzin.*)

73. FABLES DE LA FONTAINE, avec les dessins de G. Doré. *Paris, Hachette*, 1867, 2 vol. gr. in-fol., fig., dem.-rel. mar. r. avec coins.
    Bel exemplaire.

74. Figures pour les fables de La Fontaine, gravées par Mongin et autres d'après Oudry, 72 planches à l'eau-forte, dans un carton.

75. CONTES de M. de La Fontaine. *Lyon, Scheuring*, 1874, 2 vol. in-8, pap. teinté, fig. vign. et fleur, mar. bl. dent. int. tr. dor. (*David.*)
    Très-bel exemplaire.

76. BÉRANGER. OEuvres complètes. *Paris, Garnier*, 1869. 9 vol. in-8, fig., dem.-rel. mar. avec coins tr. sup. dor. n. rogn.

77. Le Parnasse contemporain. *Paris, Alph. Lemerre*, 1866-1871, 3 vol. gr. in-8, br. n. coup.

78. LES ŒUVRES COMPLÈTES D'ALFRED DE MUSSET. *Paris, Charpentier,* 1866, 10 v. gr. in-8, fig. sur chine avant la lettre. Mar. r., filets, tr. dor. (*David.*)
   Bel exemplaire en grand papier.

79. Poésies de André Lemoyne, 1855-70. Les Charmeuses, Les roses d'Antan. *Paris, Lemerre,* 1873, in-18, portr., dem.-rel. mar. olive avec coins, tête dor. n. rogn. (*Petit.*)

80. SONNETS ET EAUX-FORTES. *Paris, Lemerre,* 1869, in-4, mar. br. tr. dor. doublé de moire. *Chiffre sur les plats.*
   Très-bel exemplaire.

81. Émile Grimaud. — Les Vendéens, poëme, troisième édit. avec trente-cinq eaux-fortes, par Octave de Roche-brune. *Paris, Alph. Lemerre,* 1871, in-4, br.

82. Poésies de François Coppée. *Paris, Lemerre,* 1872-73-75, 3 vol. in-18, portr., dem.-rel. mar. gren. avec coins, tête dor. n. r. (*Petit.*)

83. Œuvres poétiques de Joséphin Soulary. *Paris, Lemerre,* 1872, 2 vol. in-18, portr., dem.-rel. mar. gr. avec coins, tête dor. n. rogné. (*Petit.*)

84. Théodore de Banville. Œuvres diverses. *Paris, Lemerre,* 1872, 5 vol. in-12, portr. et eau-forte, dos et coins de mar. tr. supér. dor. n. rogné. (*Petit.*)

85. Poésies de Sully Prudhomme, 1865-1872. *Paris, Lemerre,* 1872, 2 vol. in-12, portr., dos et coins de mar. br. tête dor. n. rogné. (*Petit.*)

86. Le tombeau de Théophile Gautier. *Paris, Alphonse Lemerre,* 1873, in-4, dem.-rel. portr.

87. LE LIVRE DES SONNETS. *Paris, Alph. Lemerre,* 1874. In-8, mar. br. non rogné. *Chiffre sur les plats.*
   Exemplaire en papier de Chine.

88. Œuvres poétiques de André Chénier. *Paris, Lemerre,* 1874, in-12, portr., mar., fil., dent. inter. tr. dorée. (*Petit.*)
   Exemplaire sur papier Wathman, tiré à 100 exemplaires, n° 72, double épreuve du portrait.

89. OEuvres de Auguste Brizeux. *Paris, Lemerre,* 1874. 4 vol. in-4, portr., dos et coins de mar. br., tête dor. n. rog. (*Petit.*)

90. Les OEuvres de Victor Hugo, tomes I à VIII. *Paris, Lemerre,* 1875, 8 vol. in-18, portraits, mar., fil. dent. int., tr. dor. (*Petit.*)
> Exemplaire sur papier Wathman, n° 8 sur 40, 4 portraits en double épreuve noire et bistre. Les volumes sont dans des étuis.

91. Le livre des Ballades, soixante ballades choisies. *Paris, Alph. Lemerre,* 1876. In-12 br., texte encadré de filets rouges.
> Exemplaire sur *papier de Chine.*

92. DANTE. L'Enfer, le Purgatoire et le Paradis, avec les dessins de Gustave Doré. *Paris, Hachette,* 1872, trois parties en 2 vol. in-fol., avec figures, d.-rel. mar. r. avec coins, tête dorée, non rogné.
> Bel exemplaire.

93. OEuvres de P. Corneille, nouvelle édition revue par Ch. Marty-Laveaux. *Paris, Hachette,* 1862, 12 vol. in-8 et album d.-rel. mar. br., tr. sup. dorée n. rogné.

94. Les OEuvres de Jean Racine. *Paris, Lemerre,* s. d. Cinq vol. in-18, portrait, d.-rel. maroquin bleu avec coins, tête dorée, non rogné. (*Petit.*)

95. LE THÉATRE de J.-B. Poquelin DE MOLIÈRE. *Lyon, Nicolas Scheuring,* 1864, 8 vol. in-8, papier teinté. — La troupe de Molière, 1869. Ensemble 9 vol. in-8, dessins de Hillemacher, mar. r., fil., tr. dor. (*David.*)
> Très-bel exemplaire.

96. Les OEuvres de Molière. *Paris, Lemerre,* s. d., 8 v. in-18, portrait, d.-rel. maroquin rouge avec coins, tête dorée, non rogné. (*Petit.*)

97. Registre de La Grange 1658-1685, précédé d'une notice biographique publiée par les soins de la Comédie fran-çaise. *Paris, J. Claye, imp.,* 1876. In-4 br. non coup.

98. Théâtre de Beaumarchais. (Le Barbier de Séville, le mariage de Figaro). *Paris, Lemerre,* 1871-1872, 2 v. in-18, portrait, d.-rel., maroquin vert avec coins, tête dorée, non rogné. (*Petit.*)

99. SCHILLER. Théâtre, traduction nouvelle par Ad. Régnier, *Paris, Hachette,* 1859, 8 vol. in-8, d.-rel. mar. r. avec coins, non rogné.
> Grand papier vélin.

---

100. Les amours pastorales de Daphnis et de Chloé, traduites par Jacques Amyot, texte de 1559, suivies de la traduction revue par Paul-Louis Courier. *Paris, Alph. Lemerre,* in-12. Portrait et figures, d.-rel, maroq. vert avec coins, tête dor., non rog.

101. Apulée. L'Ane d'or, traduction de Savalète. *Paris, Didot,* 1872. In-8 br. (tome Ier).

102. LES DIX DIZAINES DES CENT NOUVELLES NOUVELLES. Dessins gravés de Jules Garnier. *Paris, Jouaust,* 1874, 4 vol. in-12, grav. Mar. r., fil., dent. int., tr. dor. (*Petit.*)

103. Les Œuvres de Maître François Rabelais. *Paris, Lemerre,* 1868 à 1873, 3 vol. in-8, port. et grav. Mar. vert, fil., dent. int., tr. dor.
> Bel exemplaire avec les eaux-fortes en double épreuve noire et col. Les trois volumes sont dans un étui.

104. F. Rabelais à la Faculté de médecine de Montpellier, autographes, documents et fac-simile, par le Dr Gordon. *Montpellier, C. Coulet,* 1876. In-4 broché.

105. LES SEPT JOURNÉES DE LA REINE DE NAVARRE, suivies de la huitième. Planches à l'eau-forte par Flameng. *Paris, Jouaust,* 1872, 4 vol. in-12, grav. Mar. r., fil., dent. int., tr. dor. (*Petit.*)

106. Les Contes des Fées en prose et en vers de Ch. Perrault. Deuxième édition, revue et corrigée sur les éditions originales et précédée d'une lettre critique par Ch. Giraud.

Lyon, imp. L. Perrin, 1865. Gr. in-8 br. (*Vignettes gra-vées.*)

107. Le Sage. Histoire de Gil Blas. *Paris, Jouaust,* 1873, 2 vol. in-8, pap. vergé, portrait, d.-rel. mar. avec coins, n. rogn. (*David.*)

108. Histoire du chevalier des Grieux et de Manon Les-caut, par l'abbé Prévost. *Paris, Lemerre,* 1870, in-18, portrait d.-rel. mar. bl. avec coins, tête dor. n. rog.

109. Histoire de Manon Lescaut et du chevalier des Grieux, précédée d'une étude par Arsène Houssaye. Six eaux-fortes par Hédouin. *Paris, Jouaust,* 1874, 2 v. in-12, mar. bl. fil. dent. int. tr. dor. (*Petit.*)
Exemplaire sur papier Wathman, gravures avant la lettre.

110. B. de Saint-Pierre. Paul et Virginie, préface par J. Janin, compositions d'Émile Lévy, gravées à l'eau-forte par Flameng. Dessins de Gracomelli gravées sur bois par Rouget et Sargent. *Paris, Jouaust,* 1875, in-12, fig., mar. vert. fil. dent. int. tr. dor. (*Petit.*)

111. Les OEuvres de Balzac. *Paris, Michel Lévy,* 1869, 23 v. in-8, d.-mar. vert.

112. OEuvres de Léon Gozlan. — Les Émotions de Poly-dore Marasquin. — Les Cent trente femmes. — Aristide Froissart. *Paris, Lemerre,* 1873-1875, 2 vol. in-18, portrait, d.-rel. mar. gren. avec coins, tête dor. n. rog. (*Petit.*)

113. OEuvres de J. Barbey d'Aurevilly. (Une vieille maî-tresse; l'ensorcelée). *Paris, Lemerre,* 1873-74, 3 v. in-18, portrait d.-rel. mar. bl. avec coins, tête dor. n. rog. (*Petit.*)

114. OEuvres de Gustave Flaubert. Madame Bovary, mœurs de province. *Paris, Lemerre,* 1874, 2 vol. in-12, dos et coins de mar. r. tête dor. n. rog. (*Petit.*)

115. Edmond et Jules de Goncourt. Renée Mauperin. *Paris, Lemerre,* 1875, in-12, portr., dos et coins de mar. bl., tête dor. n. rog.

116. LES DIX JOURNÉES DE JEAN BOCCACE, traduction de Le Maçon. Onze eaux-fortes par Flameng. *Paris, Jouaust,* 1873, 4 v. in-12 grav. mar. r. fil. dent. int. tr. dor. (*Petit.*)

  Dans un étui.

117. L'ingénieux Don Quichotte de la Manche, par Cervantès, trad. de Viardot, dessins de G. Doré. *Paris, Hachette,* 1863, 2 vol. in-fol. fig., d.-rel. mar., avec coins, tr. sup. dor. n. rogn.

118. LES QUATRE VOYAGES DU CAPITAINE LEMUEL GULLIVER, traduction de l'abbé Desfontaines, revue, complétée et précédée d'une notice par H. Reynald, gravures à l'eau-forte par Lalauze, *Paris, Jouaust,* 1875, 4 vol. in-12, br. n. coup.

  Exemplaire sur papier Wathman. Épreuve des gravures avant la lettre.

119. ŒUVRES DE WALTER SCOTT, traduction Defauconpret. *Paris, Furne, s. d.,* 30 vol. in-8, d.-rel. mar. bl. n. rogn. tête dorée, figures.

120. Voyage sentimental en France et en Italie de Sterne. Traduction nouvelle par Alfred Hédouin. Six eaux-fortes par Edmond Hédouin. *Paris, Jouaust,* 1875, pet. in-8. grav. mar. vert, tr. dor. fil. dent. int. (*Petit.*)

---

121. Érasme. Les Colloques nouvellement traduits par Davelay, vignettes à l'eau-forte. *Paris, Jouaust,* 1875, 2 v. in-8, brochés.

122. LETTRES DE MADAME DE SÉVIGNÉ annotées par Monmerqué. *Paris, Hachette,* 1862, 14 vol. in-8, et album, d.-rel. mar. avec coins, tête dor. n. rogn.

---

123. Bibliothèque grecque-latine, publiée par Didot, *s. d.,* 12 vol. gr. in-8, d.-rel.

  Platon, 3 vol. — Plutarque, 5 vol. — Thucydide, 1 vol. — Demosthène, 1 vol. — Euripide, 1 vol. — Homère, 1 vol.

124. Collection des auteurs latins publiée par Nisard. *Paris, Didot, s. d.*, 12 vol. gr. in-8, d.-rel.

> Sénèque, 1 vol. — Horace, 1 vol. — Tacite, 1 vol. — Tite-Live, 2 vol. — Ovide, 1 vol. — Lucrèce, 1 vol. Cicéron, 5 vol.

125. Voltaire. OEuvres complètes. *Paris, Didot,* 1873, 13 vol. gr. in-8, d.-rel. chagr. vert avec coins, tête dor., n. rog.

126. OEuvres complètes de Chateaubriand. *Paris, Garnier, s. d.*, 12 vol. gr. in-8, d.-rel. mar. br.

127. OEuvres de Xavier de Maistre avec une notice et des notes par Eugène Reaume. *Paris, Alph. Lemerre,* 1876, in-12 br. portrait.

128. LAMARTINE. OEuvres diverses. *Paris, Pagnerre,* 1855, 26 vol. in-8, d.-rel. chagr. tête dor. n. rogn.

> Les confidences, 1 vol. — Mémoires inédits, 1 vol. — Hist. des Girondins, 4 vol. — Correspondance, 6 vol. — Voyage en Orient, 2 vol. — Hist. des constituants, 4 vol. — Hist. de la Turquie, 8 vol.

129. Lamennais. OEuvres diverses. *Paris, Pagnerre,* 1843 à 1846, 8 vol. in-8, d.-rel.

> Amschaspands et Darvans. — Discussion critique. — Correspondance. — Esquisse d'une philosophie, 4 vol.

130. Lamennais. OEuvres diverses. *Paris, Garnier, s. d.*, 9 vol. in-12, d.-rel. chagr.

> Paroles d'un croyant. — De l'art et du beau. Affaires de Rome. — De la Société première. — Indifférence en matière de religion, 4 vol. — Les Évangiles.

131. Prosper Mérimée. OEuvres diverses. *Paris, Charpentier et Lévy,* 1865-1874. Onze vol. in-12, demi-rel. chagr. bl.

132. LABOULAYE. OEuvres diverses. *Paris, Charpentier,* 1869. Seize vol. in-12, d.-rel. chagr.

133. THÉOPHILE GAUTIER. OEuvres diverses de critique, d'art, de romans et de poésie. *Paris, Charpentier,* 1865-1874. Vingt-deux vol. in-12, d.-rel. chagr. v., tr. sup. dorée, n. rogné.

> Reliure uniforme.

134. SAINTE-BEUVE. OEuvres diverses. *Paris, Michel Lévy,*

Garnier et Charpentier, 44 vol. in-12, demi-rel. chagr. vert. (Rel. unif).

> Causeries du lundi, 15 vol. — Nouveaux lundis, 13 vol. — Portraits de femme, 1 vol. — Chateaubriand, 2 vol. — Proudhon, 1 vol. — Lettres à la Princesse, 1 vol. — Tableaux de la poésie française, 1 vol. — Portraits contemporains, 5 vol. — Portraits littéraires, 3 vol. — Volupté et souvenirs, 2 vol.

135. JULES SIMON. Œuvres diverses. *Paris, Hachette et Lacroix,* s. d., 13 vol. in-12, d.-rel. chagr. r.

136. GOETHE. Œuvres traduites par Jacques Porchat. *Paris, Hachette,* 1861, 10 tomes en 11 vol. in-8, d.-rel. mar. r. avec coins.

> Papier vélin.

HISTOIRE.

137. Grosser Hand-Atlas von Kiepert und Weiland, 1872. In-fol. d.-rel.

138. LE TOUR DU MONDE, publié par Charton, 1860-1874. 14 vol. in-4, d.-rel., figures, et l'année 1875 en deux parties brochées.

139. Histoire grecque, par L. Petit de Julleville. — Histoire romaine, par Eugène Talbot. *Paris, Alph. Lemerre,* 1875, 2 vol. in-12 br. n. coup.

> Un des dix exemplaires sur papier de Hollande.

140. Histoire de France par Henri Martin. *Paris, Furne,* s. d., 17 vol. in-8, d.-mar. v. Portrait.

141. Jeanne d'Arc, par H. Wallon. *Paris, Frmin Didot,* 1876. Gr. in-8, d.-rel. mar. r. avec coins, tr. sup. dor., n. rog.

> Exemplaire en grand papier.

142. PAUL LACROIX. XVIII° siècle, institutions, usages et costumes, 1700-1789. *Paris, Didot,* 1875. In-8, fig., d.-rel. mar. avec coins, tête dorée, non rogné.

143. THIERS. Histoire de la Révolution, du consulat et de l'Empire. *Paris, Furne,* 1870-74, 31 v. in-8, fig.. d.-rel. mar. r. et 2 atlas in-fol.

> Reliure uniforme.

144. P. Lanfrey. Histoire de Napoléon I⁰ʳ. — Histoire politique des papes. — Études et portraits politiques. Ensemble 7 v. in-12 d.-rel. chag. r.

145. Histoire de la restauration, par A. de Lamartine. *Paris, Furne,* 1851, 8 v. in-8 br.

146. Berryer. Discours parlementaires. *Paris, Didier,* 1872, 5 v. in-8, chag.

147. *Journal officiel* de la république française (20 mars — 24 mai 1871), in-fol. d.-rel.
Le dernier numéro est de la réimpression.

148. HONORÉ BOUCHE. La chorographie de la Provence et histoire chronologique du même pays. *A Aix, par Charles David,* 1664, 2 v. in-fol. d.-rel.
Ouvrage très-rare.

149. Histoire générale de Provence par Denys Papon. *Paris,* 1777, 4 v. in-4 bas.

150. Prosper Cabasse. Essai historique sur le parlement de Provence (1501-1790). *Paris, Delaforest,* 1826, 3 vol. in-8 d.-rel.

151. De Tocqueville. De la Démocratie en Amérique. *Paris, Lévy,* 1874, 3 v. in-8 d.-rel., mar. r.

ENCYCLOPÉDIES. — REVUE DES DEUX MONDES.

152. GRAND DICTIONNAIRE universel du xɪxᵉ siècle par M. Pierre Larousse. *Paris,* 1866-1874, 15 v. in-4,, texte à 4 col. d.-r. mar. v. tr. jasp.

153. Dɪᴄᴛɪᴏɴɴᴀɪʀᴇ ᴅᴇ ʟᴀ ᴄᴏɴᴠᴇʀsᴀᴛɪᴏɴ. *Paris, Didot,* 1873, 18 v. gr. in-8, d.-rel. chag. n.

154. Rᴇᴠᴜᴇ ᴅᴇs ᴅᴇᴜx ᴍᴏɴᴅᴇs. *Paris,* 1870-75, 36 v. in-8, d.-rel. chag. et 1ᵉʳ semestre 1876, moins la livraison du 15 janvier,
En plus 1860, moins 5 livraisons et 1861 complet.

A la fin de la vacation seront vendus en lots 25 v. in-8 et in-12 reliés ou brochés, ne méritant pas description.

PARIS. — Impr. J. CLAYE. — A. QUANTIN et Cⁱᵉ, rue Saint-Benoît. —]1990]